택배_{로 온}
AI 아빠

바우솔 작은 어린이 53

택배로 온 AI 아빠
AI Dad Who Came by Delivery

1판 1쇄 | 2025년 2월 26일

글 | 서석영
그림 | 박현주

펴낸이 | 박현진
펴낸곳 | (주)풀과바람
주소 | 경기도 파주시 회동길 329(서패동, 파주출판도시)
전화 | 031) 955-9655~6
팩스 | 031) 955-9657
출판등록 | 2000년 4월 24일 제20-328호
블로그 | blog.naver.com/grassandwind
이메일 | grassandwind@hanmail.net

편집 | 이영란
디자인 | 박기준
마케팅 | 이승민

ⓒ 글 서석영 · 그림 박현주, 2025

값 13,000원
ISBN 979-11-7147-111-9 73810

※ 잘못 만들어진 책은 구입처에서 바꾸어 드립니다.

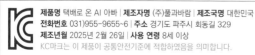

제품명 택배로 온 AI 아빠 | **제조자명** (주)풀과바람 | **제조국명** 대한민국
전화번호 031)955-9655~6 | **주소** 경기도 파주시 회동길 329
제조년월 2025년 2월 26일 | **사용 연령** 8세 이상
KC마크는 이 제품이 공통안전기준에 적합하였음을 의미합니다.

⚠ 주의

어린이가 책 모서리에
다치지 않게 주의하세요.

택배로 온
AI 아빠

서석영 글＊박현주 그림

바우솔

머리글

식당에서 음식을 배달하는 로봇이나 피자를 굽고 치킨을 튀기는 로봇을 본 적 있나요?

그 정확함, 차분함, 지치지 않는 인내심에 놀라게 되죠.

로봇이 이렇게 똑똑해진 건 AI, 인공지능 기술 때문이죠. 사람처럼 이해하고 반응하고 행동하는 기술을 가졌으니 사람 못지않게 똑똑해진 거죠.

AI, 인공지능 기술은 컴퓨터, 자율 주행차, 산업 현장, 의료 등 여러 방면에 쓰이고 있지요.

전 그중에서도 로봇에, 로봇 중에서도 인간의 능력과 외모를 가진 휴머노이드 로봇에 관심이 많고 생각을 많이 하고 있어요.

지금도 발전을 계속하고 있지만 앞으로가 더 기대되어요.

미래의 로봇은 어디까지 발전할 수 있을까. 우리는 로봇과 어느 부분까지 생활을 같이할 수 있고, 감정을 나눌 수 있을까. 사람과의 관계도 쉽지 않은데 사람처럼 만든 로봇과 살게 되면 어떤 문제들이 있을까. ……상상과 질문, 궁금증이 끊이지 않아요.

로봇 청소기가 우리 생활에 들어온 것처럼 로봇을 가족으로 들여 함께 살 날도 머지않은 것 같아요. 이별, 사별, 장기 출장 등 이런저

런 이유로 가족과 떨어져 살 때, 가족이 몹시 그리울 때 로봇을 가족으로 맞아들이는 거죠.

로봇 가족과 함께 사는 건 강아지, 고양이 등 반려동물과 사는 것과도 매우 다를 것 같아요.

살아 있진 않지만 나와 생활을 함께하고, 감정을 나누고 의지하는, 기계 같기도 사람 같기도 한 로봇과 생활하다 보면 많고 많은 일이 일어날 것 같아요. 혼란스러운 점도 적지 않을 것 같고요.

그날을 생각하며 우리 택배로 온 AI 아빠를 먼저 만나 볼까요?

서석영

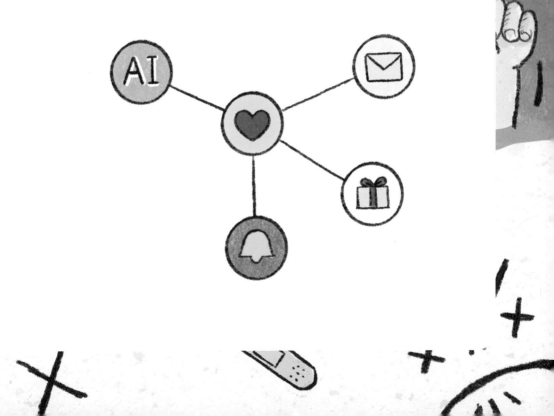

차례

입는 로봇, 바디매직 K

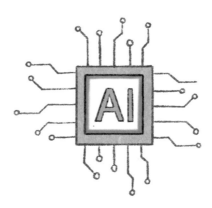

아빠는 로봇을 만드는 기술자다. 그런데 아빠는 '기술자'라는 말이 마음에 안 드나 보다.

"현준아, 기술자가 아니라 엔지니어라니까."

"그게 그거 아니에요?"

"아니지. 엔지니어는……."

아빠는 길게 설명하지만 내 귀엔 잘 들어오지 않는다.

아빠는 로봇 중에서도 입는 로봇, 웨어러블 로봇을 만든다. 다리가 불편해 걷지 못하는 사람이 입으면 걸을 수 있도록 돕는 로봇이라고 한다.

실패를 거듭한 끝에 입는 로봇, '바디매직 K'를 만들어 세상에 선보이는 날 아빠는 바짝 긴장한 상태로 출근했다.

마침, 토요일이라 엄마와 난 컴퓨터 앞에 앉았다. 아빠 회사 홈페이지로 실시간 생중계되는 발표회를 보기 위해서다.

홈페이지 대문에는 '로봇 입고 산책 가는 날'이라고 쓰여 있었다. 행사에 초대된 다섯 명이 휠체어에 앉아 있었고, 기자들은 사진을 찍으려고 준비하느라 분주히 움직였다.

마침내 잔잔한 음악이 깔리면서 발표회가 시작되었다. 초대 손님들은 휠체어에서 주섬주섬 바디매직 K를 입었다.

'정말 걸을 수 있어야 하는데.'

모두가 숨죽이며 기다리는 순간, 바디매직 K를 입은 사람들이 거짓말처럼 일어섰다. 그것도 거뜬히. 그러고는 사뿐사뿐 걷기 시작했다.

"이게 다리를 들어 주고, 당겨 주고, 밀어 주고 있어요. 나도 모르게 걷고 있다니까요."

"바디매직이 이름처럼 몸에 마법을 일으키나 봐요. 몸이 공중에 뜬 것처럼 가벼워요."

엄마는 컴퓨터 화면 속으로 빨려 들어갈 듯 고개를 드밀고 있었다.

"엄마, 걸을 수 있으니 성공한 거 아니에요?"

"'로봇 입고 산책 가는 날'이라고 되어 있잖아. 그러니까 산책까지 무난히 다녀와야 성공이지."

그때 사회자의 목소리가 들렸다.

"예고한 것처럼 바디매직 K를 입고 앞동산으로 출발하겠습니다. 참가자들은 조금이라도 불편하면 언제든지 말씀해 주세요. 도우미들이 휠체어를 갖고 뒤따라가다가 바로 도와드릴 테니까요."

다섯 명은 휠체어에 옮겨 타는 일 없이 오르막이 있는 동산 정자까지 올랐다. 돌아올 때의 내리막길도 사뿐히 내려왔다.

그러자 축포와 함께 팡파르가 울렸다.

　바디매직 K를 입은 사람들은 감격의 눈물을 흘리며 인터뷰
했다.

　"우리에게 자유를 선물해 줘서 고마워요."

　"전 태어나 오늘 처음 걸어 봤어요. 이런 날이 올 줄은 생각
도 못 했어요."

그날 늦게 집에 돌아온 아빠 얼굴엔 함박꽃이 피어 있었다.

"아빠, 걷지 못하는 사람들이 걷는 걸 보니 저도 눈물이 났어요."

"당신 그동안 밤새우며 그 고생을 하더니 보람이 크지?"

"응, 정말 다행이야."

"당신 이번에 잘했다고 특별 보너스도 받고 월급도 오르는 거 아냐?"

"아마도 그러겠지. 그동안 고생했다고 사흘 휴가를 받았어. 그러니까 우리 좋은 데 가서 맛있는 것도 먹고 재미나게 놀자."

하지만 아빠는 그날로 쓰러졌다. 긴장이 풀리며 피로가 밀려왔는지 침대에서 일어나지 못했다.

아빠가 그러고 있으니 엄마랑 놀러 갈 수도, 나 혼자 나가 놀 기분도 아니었다. 세 식구가 그렇게 집에 갇혀 있으니, 답답해서 죽을 지경이었다.

'이럴 때 강아지라도 있으면 얼마나 좋을까?'

생각난 김에 엄마한테 말했다.

"엄마, 심심해 죽겠어요. 수진이네도 강아지 입양했던데 우리도 강아지 키우면 안 돼요?"

"몇 번이나 말해. 넌 털 알레르기가 있어서 안 된다니까. 재채기가 엄청 심하다고."

난 이 말이 엄마가 강아지를 데려오지 않으려고 지어낸 핑계로 들린다.

"재채기 좀 했다고 털 알레르기는 무슨. 진짜 말도 안 돼."

짜증이 나서 불퉁거렸다. 목소리가 컸는지 엄마가 입에 손을 갖다 대며 말했다.

"쉿, 조용히 해. 아빠 저러고 있는데 우리가 지금 강아지 키우는 문제로 시끄럽게 해야겠니?"

난 단단히 삐져 내 방에 들어와 문을 닫아버렸다.

실리콘 밸리로 떠난 아빠

아빠는 출근 날이 되자 로봇의 버튼을 누르기라도 한 것처럼 벌떡 일어났다.

"그렇게 기력을 못 찾더니 다시 완전히 생생해졌네."

"요 며칠 푹 쉬었으니 이제 가서 또 일해야지."

엄마는 내가 새로운 학원에 처음 간 날처럼 아빠가 퇴근하길 기다렸다.

"오늘 어땠어?"

"바디매직 K가 잘되어 회사 분위기가 아주 좋았어. 그런데 또 새로운 다음 프로젝트를 찾아야지. 오늘 회의 중에 내 생각을 말했더니 아주 좋은 아이디어라고 하더라고."

"벌써 또 다음 일을 찾은 거야?"

"아직 결정된 건 아니야. 앞으로는 사람처럼 생각하고 판단해 행동하는 인공지능 로봇, AI 로봇을 만들고 싶어."

그 말에 귀가 번쩍 뜨였다.

"AI 로봇을요? 우리 집 청소기도 AI 로봇인데요? 그리고 이번에 산 냉장고에도 AI라고 쓰여 있고."

"잘 보았네. AI 로봇도 여러 형태로 나와 있어. 기

능도 계속 좋아지고 있
고. 그런데 아빠 일상생
활에 도움이 되는 가정용
로봇보다는 진짜 사람 같은,
사람 역할을 하는 로봇에 관심이
있어."

"AI 할머니 로봇을 만든다든가 AI 손주 로봇을 만
드는 거요?"

"맞아. 아빠는 가족이
되어 줄, 가족 로봇

개발 쪽으로 방향을 잡았어. 마침 회사에서도 적극적으로 도
와준다고 하니 잘됐지, 뭐."

그 뒤로 얼마나 지났을까. 아빠가 다른 날보다 일찍 들어온
날이다. 저녁 먹기 전에 같이 공 차러 나갈 생각에 들떠 있는데
아빠 얼굴이 어두웠다.

엄마가 걱정되는지 물었다.

"회사에 안 좋은 일 있어?"

"안 좋은 일은 아니고……. 당신이랑 의논할 일이 있어."

"무슨 일인데? 어서 말해 봐."

"대표님이 부르더니 실리콘 밸리에 있는 AI 회사에 가서 일
해 보는 건 어떠냐고 묻더라고."

엄마는 이마에 잔뜩 주름을 잡고 따지듯 말했다.

"실리콘 밸리? 실리콘 밸리면 미국이잖아. 가족과 떨어져 미
국으로 가게?"

"그게 문제야. 꼭 해 보고 싶은 분야고, AI 분야에선 가장 앞
서가는 회사니 가면 배울 게 많을 텐데 가족과 떨어져 지내야

하니까."

"꼭 가야 하는 거야?"

"'정승도 저 싫으면 안 한다.'라는 속담도 있잖아. 내가 싫다
면 할 수 없지. 하지만 그럼 기회는 사라지는 거고."

엄마는 차를 마시며 한참 말이 없었다. 흥분이 가라앉았는
지 입을 열었다.

"가족과 떨어져 지내는 것 때문에 포기하면 내내 아쉬울 것
같아. 그리고 회사에서도 당신에게 딱 맞는 자리를 찾아 주느
라 엄청 애썼을 텐데, 못 가겠다고 하면 실망이 클 거고."

"그래서 이렇게 고민하는 거지."

아빠는 갑자기 내게 물었다.

"현준이 너는 어떻게 생각해?"

"그거야 뭐, 응, 저는 잘 모르겠어요."

엄마는 아빠 손을 잡고 말했다.

"가. 가기로 해. 소중한 기회를 놓칠 수 없잖아. 내가 현준이
데리고 잘 있을게."

"정말 그럴 수 있겠어?"

"당연하지. 나라를 위해 전쟁터에 나가는 사람도 있는데 이것도 못 하겠어?"

엄마는 씩씩하게 말했다.

"현준아, 우리 잘할 수 있지? 파이팅!"

난 할 말을 찾지 못하고 있다가 얼결에 한쪽 팔만 들고 '파이팅'을 했다.

"당신이랑 현준이한테 참 고맙다. 꼭 하고 싶었던 일이니 열심히 하다 올게."

난 완전히 동의한 게 아닌데, 아빠는 그렇게 말했다.

"사실 바디매직 K가 잘되었으니 이런 일도 있는 거잖아. 그러니 축하할 일이지. 내가 간단히 축하 음식 준비할게."

엄마는 소파에서 일어서며 말했다.

어리둥절해 엄마 얼굴을 바라보다 아빠 얼굴을 보았다. 이 일을 기뻐해야 할지 슬퍼해야 할지 종잡을 수 없었다.

아빠 일이 결정되자, 엄마 아빠는 미국 가는 준비로 바빴다. 챙길 게 많았기 때문이다.

미국으로 떠나기 전날 밤, 아빠는 가방 하나를 들고 왔다.

"현준아, 아빠 없어도 정말 잘 지내야 해. 그래야 아빠가 일에 몰두하지. 이거 선물이야."

난 아빠 없이 지내는 걸 생각해 본 적이 없다. 태어난 뒤로 오랜 기간 떨어져 지낸 적이 없으니까. 그래선지 선물을 받아도 기쁘지 않았다.

"그러고 있지 말고 어서 열어 봐."

상자를 열자, 강아지가 나왔다.

"로봇 강아지네요."

"맞아. AI 로봇 강아지야."

가슴이 뛰기 시작했다. 로봇이긴 하지만 내게도 강아지가 생

기다니 정말 기뻤다.

"이 강아지 이름은 핫도그예요. 강아지 생기면 쓰려고 지어 놓았거든요."

"핫도그? 먹는 핫도그를 말하는 거야, 아니면 뜨거운 개, 핫 한 개라는 뜻이야? 이름 한번 재미있다."

아빠는 껄껄거리며 웃더니 덧붙였다.

"현준이 너 늘 강아지 키우고 싶어 했잖아. 그리고 아빠 떠 나면 허전할 것 같아서 구해 온 거야."

아빠는 로봇 강아지, 핫도그를 안겨 주고 실리콘 밸리로 떠 났다.

말하는 로봇 강아지

핫도그는 말하는 건 기본이고 걷고 뛰고 춤추고 노래도 할 줄 알았다. 물구나무서기, 팔굽혀펴기, 혼자서 뒹굴고, 발라당 나자빠지는 등 재주가 많았다.

"어쩜 이렇게 귀여울 수가 있지?"

재롱둥이 강아지에 흠뻑 빠져 살았다. 시간만 나면 핫도그와 놀고, 학교에 가서도 핫도그 생각이 머리를 떠나지 않았다.

엄마도 흡족해했다.

"똥도 안 싸고 털도 안 빠지고 얼마나 좋아."

"거기다 똑똑하긴 얼마나 똑똑한데요. 셈도 할 줄 알고, '잘 자.'라고 하면 '같이 놀아서 행복한 하루였어. 잘 자.'라고 인사하고 바로 '취침 상태'로 들어가 잔다니까요."

하지만 시간이 갈수록 흥미가 떨어졌다. 재롱을 떨어도 시시하고 하찮게 여겨졌다.

'똥도 안 싸고 털도 안 빠진다는 건 살아 있는 동물이 아니란 거잖아.'

처음엔 좋은 점으로 생각되던 게 점점 흠으로 보였다. 똑똑한 척하는 것도 얄미웠다.

'아무리 그래 봐야 장난감일 뿐이잖아. 며칠 지나면 시시해지는.'

핫도그에 시들해지자, 아빠 생각이 더 났다.

아빠가 하얀 이를 드러내고 활짝 웃던 모습, 주말이면 같이 공놀이하고 배드민턴을 치던 일들이 눈에서 아른거렸다.

'그땐 아빠랑 노는 걸 당연하다고 생각했는데.'

아빠가 곁에 없다는 사실이 마음을 아프게 했다. 기운도 없고 먹는 것마다 토하고 설사를 했다.

"왜 이렇게 힘들어하는 거야? 아빠 때문에 이러는 거야?"

엄마는 알면서 물었다. 그러곤 병원에 데려갔다. 의사 선생님
은 말했다.

"면역성이 떨어진 것 같아요. 혹시 아이가 요즘 힘들어하는
일이라도 있나요? 스트레스가 원인일 때가 많거든요."

엄마는 집에 돌아오자마자 죽을 끓였다.

"면역성을 키우려면 잘 먹어야 해."

안 먹으면 엄마가 속상할까 봐 억지로 먹었지만 헛일이었다. 숟가락을 떼기도 전에 화장실로 뛰어가야 했으니까.

화장실을 들락거리다 엄마가 아빠와 통화하는 소리를 들었다.

"……한동안 핫도그랑 잘 지내더니…… 아빠를 그리워하는 거야 당연하지만 저렇게 힘들어하니 어떡해야 할지 모르겠어……. 나도 알아. 어렵게 갔는데 그만두고 돌아올 순 없지……."

학교에 가서도 멍하니 앉아 있을 때가 많았다. 같은 아파트에 사는 호섭이가 다가오더니 말을 툭 던졌다.

"너 집에 무슨 일 있지?"

"무슨 일이 있긴."

"너 요즘 주말에도 아빠랑 안 놀던데?"

질투가 많은 호섭이는 날 늘 경쟁자로 생각한다. 그래선지 사사건건 트집을 잡고 듣기 싫은 말로 내 기분을 잡치게 한다. 톡 쏘아붙였다.

"내가 아빠랑 놀거나 말거나 네가 무슨 상관인데?"

택배로 온 AI 아빠

벨이 울리자, 엄마가 인터폰 화면을 보며 중얼거렸다.

"택배 아저씨네. 주문한 것이 없는데 뭐가 왔지?"

엄마는 상자 위 주소를 보며 말했다.

"현준아, 미국에서 아빠가 보낸 건데 뭘까?"

상자를 열자 로봇이 눈을 깜박이며 인사했다.

"현준아, 아빠야."

로봇은 내 표정까지 다 읽고 있는지 말했다.

"뭘 그렇게 놀라? AI 아빠라니까."

"AI 아빠?"

엄마가 알아챘는지 입을 열었다.

"아빠가 AI 아빠를 보냈나 봐. 네가 아빠가 곁에 없어 힘들어
하니 아빠를 대신하라고."

AI 로봇이 아빠라니 놀랍고 당황스러웠다.

"엄마, 근데 여기 사용 설명서가 있는데요."

"사용 설명서? 어디 보자."

사용 설명서

 AI 아빠는 배고픈 걸 못 참음.

배고프면 작동 멈춤.

AI 아빠는 상처에 약함.

특히 마음의 상처에 취약.

"뭐야, 사람도 아닌데 배고픈 걸 못 참는다니, 그리고 로봇이 상처를 받는다고? 너무 웃기지 않아요?"

"현준아, 이제 보니 글씨도 아빠 글씨체야."

"그럼, 아빠가 장난치려고 썼나 봐요."

어쨌거나 내겐 큰 사건이었다. AI 아빠가 택배로 왔고, 난 이제부터 AI 아빠와 지내야 하니까.

'AI 아빠니까 진짜 아빠는 아니잖아.'

하지만 진짜 아빠가 아니라고 싹 무시할 수도 없었다. 로봇 아빠는 몸집이 작긴 하지만 아빠를 똑 닮은 모습에 목소리도 똑같았다. 거기다 얼마나 똑똑한지 사람 말을 다 이해하고 반응했다.

"실제 아빠라고 생각해. 그러면 의지도 되고 몸도 기분도 좋아질 것 아냐."

엄마다운 충고였다. 엄마는 뭐에서든 이로움을 먼저 찾아내니까.

AI 아빠는 내 혼을 쏙 빼놓을 만큼 매력적이었다. 함께 얘기를 나눌 수 있고, 공부도 도와주고, 엄마한테 혼나 침울할 땐 날 달래 주었다.

"샤워할 때마다 슬리퍼를 적셔놓고 변기 위에 물을 묻혀 놓으니 엄마가 화낼 만도 해. 앞으론 조심해. 조금만 신경 쓰면 되잖아."

"미국에 간 아빠도 만날 이랬는데? 그래서 매번 엄마한테 혼나고."

"진짜? 큭큭."

AI 아빠는 뭐가 그렇게 재미있는지 몸까지 비틀거리며 웃어 댔다.

가까스로 웃음을 멈추고는 말했다.

"좋지 않은 습관은 빨리 고치는 게 좋아. 고치면 될 것을 안 고치고 매번 혼나는 건 어리석은 일이잖아."

AI 아빠는 갑자기 생각난 게 있는지 말했다.

"이럴 게 아니라 같이 샤워하자."

"샤워도 할 수 있어?"

"당근이지. 엄마 퇴근하기 전에 하자."

샤워기를 틀자 AI 아빠가 말했다.

"샤워기 꺼. 샤워를 시작하기 전에 슬리퍼는 한쪽에 치워두고, 변기 뚜껑을 올려놓아야 물이 안 묻지. 그러곤 샤워기 머리를 조심해서 사용하고."

AI 아빠가 하란 대로 했더니 슬리퍼도 변기도 젖지 않았다.

"엄청 똑똑한데?"

"뭐, 똑똑하다고? 어린애가 어른한테 그런 말 하면 안 되지."

능청스러운 말에 헛웃음이 나왔다. 하기야 아들이 아빠한테 할 소리는 아닌 것 같았다.

옷을 입자 현관문 열리는 소리가 났다.

"현준이 너 말끔한 거 보니 샤워했나 보네. 일찍 샤워한 건 잘했지만, 욕실은 또 완전 물난리가 났겠구먼."

엄마는 옷도 갈아입기 전에 욕실 문부터 열었다.

"어, 근데 깨끗하네? 현준이 네가 웬일이야. 잘했어."

방에 들어가자, AI 아빠가 하이 파이브를 하자고 손을 들었다. 손을 마주치자 말했다.

"성공! 늘 이렇게 하는 거야. 칭찬까지 받고 얼마나 좋아."

"진짜 아빠보다 똑똑한 것 같아."

"내가? 그렇긴 하지. 내가 좀, 아니 많이 스마트하잖아. 큭큭."

아빠의 법칙

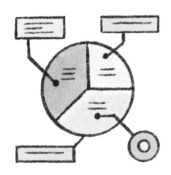

월요일 아침, 심심한지 호섭이가 어기적거리며 다가왔다.

"너 어제 뭐 했어?"

"아빠랑 놀았지, 뭐."

"학교 운동장에도 동네 공원에도 안 보이던데?"

"집에서 놀면 안 되냐? 꼭 밖에서 놀라는 법 있냐고?"

"넌 주말에 아빠랑 주로 밖에서 운동하며 놀았잖아. 그런데 요즘은 왜 안 해?"

호섭이와 말을 나누다니, 또 말려들고 말았다는 생각에 화가 났다.

"어쨌거나 네가 무슨 상관인데?"

호섭이는 제자리로 돌아가더니 중얼거렸다. 옆에 앉은 해광이가 키득거리는 걸 보니 내 흉을 보거나 욕을 한 게 틀림없었다.

키득
키득

종례 시간이 되자 선생님이 말했다.

"과학 독후감 대회가 있으니, 과학책을 읽고 독후감을 써 오도록 해요."

독후감 쓰는 건 내가 가장 싫어하는 일이다. 거기에다 과학 독후감이라니. 벌써 머리가 지끈거리는데 호섭이 목소리가 들렸다.

"무슨 책을 읽지? 에이 뭐 난 아빠한테 도와달라고 할 거야."

그 말에 번뜩 생각이 스쳤다.

'나도 AI 아빠한테 부탁하면 되겠다. 아빠는 뭐든 내 말을 잘 들어주잖아. 그리고 AI 아빠니 과학 독후감도 누구보다 잘 쓸 거야. 호섭이 아빠완 비교가 안 될 거라고.'

그 생각을 하자 나도 모르게 피식 웃음이 나왔다. 이번 독후 감 대회는 아빠들 게임이고, 하나 마나 벌써 이긴 게임이기 때 문이다.

집에 오자마자 내 계획을 말하고 덧붙였다.

"아빠가 독후감을 써서 늘 재수 없게 구는 호섭이를 보기 좋 게 물리치는 거야."

"네 숙제는 네가 해야지 아빠가 하는 법이 어디 있어?"

이렇게 내 기대를 저버리다니 실망이 컸다.

"그래서 안 써 주겠다는 거야? 호섭이 아빠는 써 준다는 데?"

호섭이의 혼잣말을 들었을 뿐인데, 도와달라고 할 거란 말을 써 준다고 보태 말했다.

그렇게 밀어붙이는데도 AI 아빠는 딱 잘라 말했다.

"난 그런 일은 하지 않아. 그게 이 아빠의 법칙이라고."

배반감이 들면서 화가 났다.

"아빠의 법칙? 알았어. 알았으니 나가라고."

"내 생각에도 이럴 땐 떨어져 있는 게 낫겠다. 화를 가라앉

히고 찬찬히 생각해 봐. 뭐가 잘못인지."

AI 아빠는 내 방을 나가 버렸다.

49

엉망이 된 외출

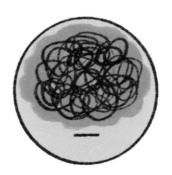

AI 아빠 말이 맞았다. 떨어져 있으니 화가 가라앉고 미안한 마음이 생겼다.

'AI 아빠를 위해 뭔가 해 줄 수 있는 게 없을까?'

생각 끝에 말했다.

"아빠, 늘 집에만 있었잖아. 오늘은 밖에 나가는 거 어때? 우리 도시락 가지고 공원에 놀러 가는 거야."

"소풍? 좋지. 그동안 집에만 있어 좀 답답했거든."

"도시락은 피자로 가져가자. 요 앞 상가에 피자 가게 있거든."

"그럼 어서 출발하자."

피자 가게로 들어섰다. 피자 로봇이 피자를 열심히 굽고 있었다. 무인 판매기인 키오스크에서 피자를 주문하는데 갑자기 사람들 목소리가 커졌다.

"들어가면 안 돼. 안 된다고."

사람들이 AI 아빠를 막고 있었다. 그런데 AI 아빠는 물러서지 않았다. 막무가내로 피자 로봇한테 다가가려고 사람들을 밀쳤다. 완전 흥분 상태였다.

"아빠, 왜 그러는 거야. 아빠, 정신 차리라고."

"맞아. 난 네 아빠야. 네 아빠라고."

그제야 AI 아빠는 차분해졌다. 난 피자를 들고 얼른 가게를 나왔다.

"빨리 가자. 빨리 가자고."

피자 가게에서 본 사람들과 멀어지자 나도 진정이 되었다.

"아빠, 아까 왜 그랬어?"

"피자 로봇을 보자 흥분됐어. 나도 로봇이잖아. 로봇끼리 만
났으니 얼마나 반가워. 손이라도 잡아 주고 싶었어. 또 계속 일
만 하는 피자 로봇이 안돼 보였어. 그래서 내가 좀 대신해 주려
고 했던 거야. 어쨌든 아빠라는 사실을 잊고 소란을 피워서 미
안해."

나는 혼란스러웠다.

'어느 땐 듬직한 아빠 같기도
하고, 어느 땐 로봇 같기도 하고
갈피를 잡을 수 없다니까.'

공원 정자까지는 상당히 멀었지만, AI 아빠는 즐거운지 말했다.

"바깥에 나오니 바람도 상쾌하고 꽃들도 이쁘고 참 좋다."

드디어 공원 정자에 도착했다.

"아이고, 배고파. 도시락 좀 먹어야겠어."

난 도시락으로 가져온 피자를 맛나게 먹었다. 내가 피자를 먹는 동안 AI 아빠는 정자 주변을 둘러보았다. 나무도 만져보고, 꽃향기를 맡기도 하면서.

"아빠, 다 먹었어. 이제 내려가자."

공원 정자에서 일어나 계단을 내려오는데 AI 아빠가 멈춰

섰다.

"계속 내려가야지. 왜 그러고 있어?"

"배고파서 못 내려가. 더는 힘이 없다고."

"장난하는 거야 뭐야?"

꼬르르륵!

"장난이라니. 너 사용 설명서 생각 안 나?"

그제야 배고픈 걸 못 참는다는 말이 떠올랐다.

"반성하라고. 네 도시락은 챙기면서 내 도시락은 생각도 안

했잖아."

"로봇이 도시락이라니?"

"보조 배터리 있잖아. 보조 배터리가 내겐 도시락이야."

"아 맞아. 보조 배터리가 있었지. 그걸 챙겨야 했는데."

머리를 한 대 얻어맞은 기분이었다.

"어쨌거나 이제 어떻게 가야지?"

"네가 날 업고 갈 수밖에 없지. 난 더는 움직일 힘이 없으니까."

"사람들이 보면 어떡하고?"

"넌 내가 부끄럽냐?"

"그게 아니고, 로봇을 업고 가면 웃음거리가 될 거 아냐?"

"그러긴 하겠다. 그럼, 그 피자 봉투를 내게 씌워."

그나마 좋은 생각인 것 같았다. 사람 아빠와 똑같이 생긴 얼굴을 가릴 수 있으니까.

몇 번이나 쉬다 다시 걷기를 반복했다.

집에 거의 다다랐을 때다. 놀이터에서 놀던 호섭이가 날 보았는지 다가왔다.

"장난감을 업고 다니다니 너 머리가 어떻게 된 것 아냐?"

내가 제일 싫어하는 호섭이한테 이런 모습을 보이게 되다니 짜증이 났다.

"비켜. 저리 비키라고."

집에 돌아온 뒤에도 얼굴이 화끈거렸다.

'정말 최악의 외출이었어. 그래도 한 가지 다행인 건 아빠 얼굴을 가렸던 거야.'

내가 아빠를 때렸다!

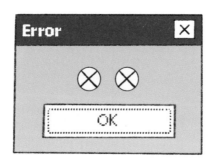

선생님이 과학 독후감 대회 결과를 발표했다.

"호섭이가 최우수상이야. 전교에서 최우수상을 받다니 호섭이가 글을 정말 잘 쓰네."

갑자기 기분이 나빠지고 심술이 났다.

'분명 아빠가 써 준 걸 거야. 쟨 상 탈 실력이 안 돼. 누군 아빠가 써 준 독후감으로 상을 타고, 진짜 불공평해.'

선생님은 흐뭇한 미소를 지으며 말했다.

"정말 잘했지? 우리 호섭이한테 손뼉 쳐 주자."

나는 손뼉 치고 싶지 않았다. 박수는커녕 선생님께 일러바치고 싶었다.

'선생님, 호섭이 독후감은 아빠가 써 준 거예요. 그런 애한테 상을 주는 게 맞는 건가요?'

이 말을 하고 싶어 죽을 지경이었다. 하고 싶은 말을 꾹 눌러 참다 보니 얼굴이 일그러졌는지 선생님이 말했다.

"현준아, 몸이 안 좋니?"

"아, 아니에요."

얼버무리고 말았다.

쉬는 시간이 되자 눈치 빠른 호섭이가 내 자리로 왔다.

"너 내가 상 받아서 기분 나쁜 거지?"

"내가 왜 기분 나빠? 난 너한테 관심 없어. 착각하지 말라고."

쏘아붙이자 호섭이는 순간 당황해 말을 잇지 못했다. 하지만 이내 할 말을 찾았는지 입을 열었다.

"너 요즘도 아빠랑 놀아?"

"당연하지. 맨날 아빠랑 놀아."

"아빠랑 논다고? 우리 엄마도 동네 아줌마들도 벌써 몇 개월째 너희 아빠 본 사람이 없다던데?"

그렇게 말하는 걸 보니 호섭이네 엄마랑 동네 아줌마들이 우리 집 얘기를 하며 쑥덕거린 게 틀림없었다.

"우리 아빠 미국 갔어."

"조금 전에는 맨날 아빠랑 논다며? 순 거짓말쟁이 아냐."

호섭이는 아이들이 다 듣게 할 양으로 크게 말했다. 그러자 아이들이 무슨 일인가 하고 우릴 쳐다보았다.

"너희 엄마 아빠 이혼한 거 맞지? 그러니까 아빠가 집에 없지."

화가 부글부글 끓어올랐다.

"아빠가 집에 있든 없든 이혼했든 안 했든 네가 무슨 상관인데?"

"이혼한 게 맞네. 그런데도 계속 거짓말한 거야? 그래서 이상하게 큰 장난감을 업고 다니고."

호섭이는 음흉하고 능청스럽게 웃으며 약을 올렸다.

"엉터리 같은 소리만 하고 있어. 넌 아빠가 써 준 독후감으로 상 타니 좋냐?"

"아빠가 도와주었지만 써 준 건 아냐."

"그걸 누가 믿어? 아빠가 써 줘 상 탄 거잖아."

호섭이는 내게 팔을 휘둘렀다. 나도 가만있지 않았다. 뒤엉켜

싸우다 선생님이 오고서야 떨어졌다.

　더 기분 나쁜 건 그것으로 끝나지 않고 반성문까지 써야 했

다는 거다.

　부글부글 끓는 용광로가 되어 집에 돌아왔다.

"배고프지? 내가 간식으로 샌드위치 주문해 놨어. 어서 손 씻고 먹어."

AI 아빠가 내가 올 시간에 맞춰 샌드위치를 배달까지 시켜 놓다니 놀라웠다. 하지만 내색하지 않았다. 난 화가 나 있었고 삐져 있었기 때문이다.

"오늘 학교생활은 어땠어?"

학교에서 있었던 일을 떠올리자 화가 났다. 그리고 아빠가 미웠다. 내 부탁을 매몰차게 거절하지 않았던가. 호섭이는 아빠가 도와줘 상까지 받았는데.

"기분이 나빠 보이는데 말해 봐. 아빠한테 못할 말이 뭐 있어."

뭘 잘못했는지 알게 할 생각으로 다 말했다.

그런데 AI 아빠는 미안해하기는커녕 충고를 했다.

"호섭이 아빠가 써 주는 걸 네 눈으로 본 게 아니잖아. 시기, 질투로 건너짚고 그렇게 말하니 호섭이가 화가 날 만도 해. 그런데 몸싸움까지 벌이다니 실망이 크다."

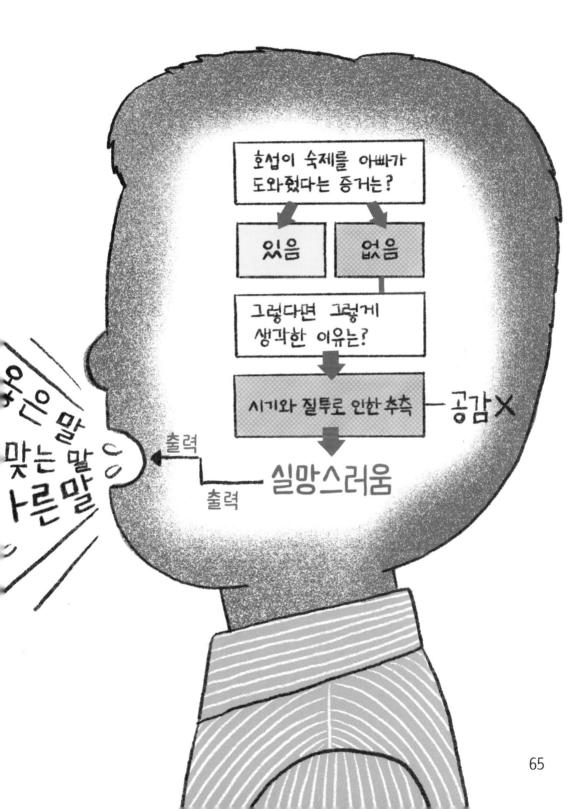

나를 달래 주기는커녕 내 잘못을 조목조목 지적했다.

"걔가 먼저 쳤어. 그리고 애들 다 있는 데서 엄마 아빠가 이혼했다고, 내가 순 거짓말쟁이라고 놀렸단 말이야. 그런데도 가만있어?"

"그래도 차분히 말했어야지 폭력을 쓰면 어떡해."

충고를 늘어놓았다. 난 식식거리며 따졌다.

"다 아빠 때문이야. 아빠가 집에 있다고 했다가 미국에 있다고 하니까 날 거짓말쟁이 취급했고, 그래서 싸운 거니까."

"어떻게 된 사정인지 차근차근 말하면 호섭이도 이해할 거야. 그러니까 호섭이 집에 좀 데려올래?"

"꼴도 보기 싫은데 집에 데려오라고? 미친 거 아냐?"

"너 아빠한테 말버릇이 그게 뭐야?"

"아빠 좋아하시네. 로봇이 무슨 아빠야."

"여기 앉아서 마음을 좀 진정시키자."

AI 아빠는 날 안으려고 팔을 내밀었다.

"비켜. 저리 비키라고."

홧김에 뿌리치며 밀쳐버렸다.

그런데 힘이 너무 세게 들어갔는지 AI 아빠가 나동그라지고 말았다.

"아빠를 때리다니."

그게 끝이었다. AI 아빠는 더는 말하지도, 움직이지도 않았다.

AI 가족 로봇

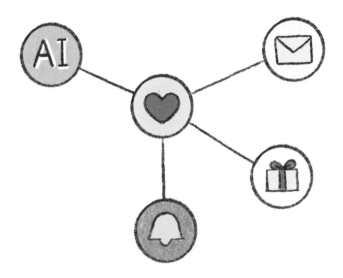

'AI 아빠도 아빤데 아빠를 때리다니, 난 나쁜 놈이야. 혹시 아파서라기보다 마음의 상처를 크게 받아 쓰러진 거 아닐까. ······ 아 맞다. 사용 설명서에 쓰여 있었잖아. 상처에 약하고 특히 마음의 상처에 취약하다고.'

후회스러웠다. 이렇게 자라다간 이담에 커서 진짜 아빠를 때리는 괴물, 악당이 될 것만 같아 무서웠다.

'아빠와 같은 모습이고, 아빠 목소리를 내고 그동안 나를 정성껏 보살펴 주었지만 진짜 사람은 아니잖아. 내가 때린 건 로봇일 뿐이라고.'

달리 생각해도 마음이 진정되지 않았다. 내가 싫었다.

'하지만 바른말만 하고 훈계를 늘어놓는 건 정말 싫어. 사람 냄새가 안 나잖아. 그리고 미국에 간 사람 아빠는 이렇게 완벽하지 않았어. 실수도 하고 양말을 아무 데나 벗어놓는 등 좋지 않은 습관 때문에 엄마한테 혼나고, 친구들한테 당하고 오면 내 편이 되어 같이 흥분하기도 하고 그랬잖아. 그래야 진짜 아빠지.'

뭘 하고 싶은 것도 먹고 싶은 것도 없었다. 뭐가 짓누르는 듯 머리가 무겁고 가슴이 답답했다. 기운이 없고 기분이 축 처져 앉아 있기도 힘들었다.

'사과하면 살아날까. 날 반성하게 하려고 죽은 척 저러고 있는 건 아닐까. AI 아빠는 똑똑하니까 당연히 그럴 수 있어.'

조용히 다가가 말했다.

"아빠, 내가 진짜 잘못했어. 다신 안 그럴게."

뽀뽀하고 꼭 안아도 반응이 없었다.

꿈속에서도 편치 않았다.

"다신 안 그럴 테니 용서해 줘. 제발."

쓰러진 로봇 아빠를 안고 애걸복걸하다 눈을 떴다.

아, 그런데 아빠가 날 보고 있는 게 아닌가. 눈을 맞추고 다정하게 웃고 있었다.

'웃고 있다니 이제 화를 푼 건가? 그런데 언제 저렇게 몸이 커졌지? 내가 때려서 그런가? 크기가 작아 내가 무시했다고 생각해 몸을 키웠나 봐. AI라 똑똑하니까 얼마든지 그럴 수 있어.'

반가운 마음에 말했다.

"다시 살아나서 천만다행이야. 나 용서해 줄 거지?"

난 침을 꼴깍 삼키고 덧붙였다.

"근데 진짜 변신 천재다. 어쩜 그렇게 똑똑할 수가 있어?"

아빠는 내 어깨를 흔들며 말했다.

"현준아, 너 지금도 여전히 꿈속이야? 눈 뜨고 꿈꾸는 거냐고? 정신 차려. 아빠야. 사람 아빠가 왔다니까."

정신을 차리려고 머리를 흔들고 눈을 꾹 감았다 부릅떴다.

확실히, 분명히 아빠였다. 미국에 갔던 진짜 아빠가 돌아온 거다.

아빠를 보자 반가움보다 걱정이 앞섰다.

"아빠, 왜 왔어요? 내가 큰일을 저질러 갑자기 돌아온 거예요?"

따지듯 물었다.

"아들이 힘들어하는데 와야지."

"아빠, 정말 잘못했어요."

"너무 그러지 마. 내 잘못도 있는 거니까. 내가 너무 '바른 생활 아빠'를 만들어 보냈나 봐."

"그래도 AI 아빠가 얼마나 잘해 주었는데요."

"하지만 만날 바른 소리로 충고하면서, 정작 네 마음은 이해해 주지 못했잖아. 다음엔 아들의 섬세한 감정까지 이해하고 동감하는, 그러면서도 허점도 있고 실수도 하는 진짜 사람 같은 AI 아빠를 만들어야겠어. 기대해. 한층 업그레이드된 아빠를 만들 테니까."

아빠와 헤어질 생각을 하니 벌써 가슴이 답답했다.

"아빠 그럼 또 미국으로 가야겠네요? 언제 가요?"

"안 가. 한국 연구소로 돌아왔거든. 너랑 얘기 많이 나누며 정말 인간적인, AI 아빠를 만들 거야."

"정말요? 벌써 기대가 되는데요."

"세상에는 이런저런 이유로 아빠 없이 살거나 떨어져 사는 애들, 아빠가 필요한 애들이 있잖아. 그런 아이들에게 멋진 선물이 될 거로 생각해."

사람 아빠의 빈 자리를 AI 아빠로 채우는 건 좋은 생각인 것 같았다. 이번에 나도 똑똑히 경험했으니까. 이런저런 일이 있긴

했지만.

하지만 그 말을 듣자, 궁금증이 몽글몽글 피어났다.

"AI 엄마는요? AI 할머니, AI 할아버지를 간절히 원하는 사람도 있고, AI 손주를 원하는 할머니 할아버지도 있을 거 아니에요?"

"현준아, 아빠 목표가 AI 가족 로봇을 만드는 거라고 했잖아. 당연히 AI 엄마, AI 할머니, AI 할아버지, AI 손주 로봇도 만들 거야. 하지만 서두르진 않을 거야. 잘 만들어야 사람이랑 잘 살고 같이 행복할 테니까."

"그런데 왜 AI 아빠를 제일 먼저 만든 거예요?"

"그거야 내가 미국으로 가는 바람에 네가 아빠 없이 지내야 했고, 너무 힘들어해서 급하게 만들어 보낸 거지. 이번에 AI 아빠 로봇을 만든 경험이 다른 가족 로봇을 만들 때도 많은 도움이 될 것 같아."

새로운 계획에 흥분해서일까. 아빠는 더는 날 혼내지 않았다. 내가 AI 아빠를 때렸고, 그 충격으로 AI 아빠가 일어나지 못하는 데도. 그러자 더 후회되었다. 더 뉘우치게도 되고.

"아빠, 그나저나 쓰러진 AI 아빠는 어떡해요?"

"연구실로 데려가 되살릴 방법을 찾아봐야지."

"아빠, 정말 고마워요."

그때 벨이 울리고 택배 아저씨 목소리가 들렸다.

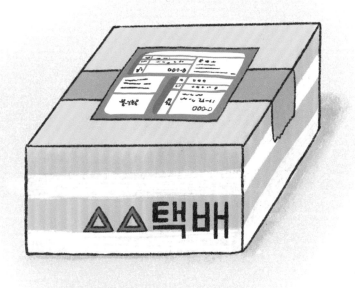

"택배 왔습니다."

그런데 그 소리가 꼭 '가족 배달 왔습니다.'로 들렸다.

'가족이 필요한 사람들에게 AI 가족 로봇이 배달되면 어떤
일이 생길까? 정말 많고 많은 일이 일어날 거야.'

벌써 그날이 기다려진다.

서석영 글

산과 들에서 뛰어놀며 어린 시절을 보냈습니다. 지금은 동화 속에 친구들을 불러 신나게 놉니다.
그동안《욕 전쟁》,《고양이 카페》,《날아라, 돼지 꼬리!》,《가짜렐라, 제발 그만해!》,《위대한 똥말》,
《걱정 지우개》,《착한 내가 싫어》,《공부만 잘하는 바보》,《아빠는 장난감만 좋아해》,
《가족을 빌려줍니다》,《책 도둑 할머니》,《엄마 감옥을 탈출할 거야》,《엄마 아빠는 전쟁 중》,
《무지막지 막무가내 폭탄 고양이》,《베프 전쟁》,《더 잘 혼나는 방법》,《나한테만 코브라 엄마》,
《말대꾸 끝판왕을 찾아라!》,《나를 쫓는 천 개의 눈》등 많은 동화를 썼고,
한국아동문예상, 한국아동문학상, 방정환문학상을 받았습니다.

박현주 그림

끄적거리던 습관이 그리는 일로 이어지고 있습니다. 앞으로도 자잘하게 쌓은 습관으로 나답게,
재미있는 삶을 그려나가고 싶어요.
쓰고 그린 책으로는《와비, 날다》가 있고, 그린 책으로는《엄마, 고마워요》,《비밀》,《다른 건 안 먹어》,
《도토리 쌤을 울려라!》,《돈방석 목욕탕》,《가짜렐라, 제발 그만해!》,《아홉 살 대머리》,
《착한 내가 싫어》,《귀신 초등학교》,《무지막지 막무가내 폭탄 고양이》,《대한 제국이 사라진 날》,
《소원 코딱지를 드릴게요》,《진짜 가족입니다》,《잔소리 볼륨을 줄여요》,
《팬마와 춤추면 행복이 커져!》등이 있습니다.